KB269506

풍죽

성선경

1960년 경상남도 창녕에서 태어났다.

1988년 『한국일보』 신춘문예를 통해 시인으로 등단했다.

시집 『널뛰는 직녀에게』 『옛사랑을 읽다』 『몽유도원을 사다』 『모란으로 가는 길』 『진경산수』 『봄, 풋가지行』 『서른 살의 박봉 씨』 『석간신문을 읽는 명태 씨』 『파랑은 어디서 왔나』 『까마중이 머루 알처럼 까맣게 익어 갈 때』 『아이야! 저기 솜사탕 하나 집어 줄까?』 『네가 청둥오리였을 때 나는 무엇이었을까』 『햇빛거울장난』 『민화』 『풍죽』, 시조집 『장수하늘소』, 시선집 『돌아갈 수 없는 숲』 『여기, 창녕』(공저), 시작에세이집 『뿔 달린 낙타를 타고』 『새 한 마리 나뭇가지에 앉았다』 『젊은 시인에게 보내는 엽서』, 산문집 『물칸나를 생각함』, 동요집 『똥뫼산에 사는 여우』(작곡 서영수)를 썼다.

고산문학대상, 이용악문학상, 산해원문화상, 경남문학상, 경상남도문화상 등을 수상했다.

파란에서 펴낸 성선경의 시집 까마중이 머루 알처럼 까맣게 익어 갈 때(2018), 네가 청둥오리였을 때 나는 무엇이었을까(2020), 햇빛거울장난(2022), 민화(2024), 풍죽(2026)

파란시선 0171 풍죽

1판 1쇄 펴낸날 2026년 1월 10일
지은이 성선경
인쇄인 (주)두경 정지오
디자인 이다경
펴낸이 채상우
펴낸곳 (주)함께하는출판그룹파란
등록번호 제2015-000068호
등록일자 2015년 9월 15일
주소 (10387) 경기도 고양시 일산서구 중앙로 1455 대우시티프라자 B1 202-1호
전화 031-919-4288
팩스 031-919-4287
모바일팩스 0504-441-3439
이메일 bookparan2015@hanmail.net

ISBN 979-11-94799-23-8 03810

값 12,000원

풍죽

성선경 시집

시인의 말

세속에서 말하기를
사람이 대나무와 멀어지면 속되게 된다는데
나는 그동안 얼마나 멀어져 왔나?
정신을 가다듬어 보니 벌써
흰 머리칼이 눈 덮인 산정 같다
내후년이면 벌써 등단 40년
대나무 마디를 세듯 하릴없이
자꾸 나이만 헤아리게 된다
바람이 일렁이는 댓잎 소리와
내 얼마나 멀어져 왔나?
다시 세상이 아득하다.

차례

시인의 말

제1부

솟대

어떻게 그런 생각을 처음 했을까?
나무의 옹이를 다듬어
새를 만드는 사람
뭉쳐지고 일그러진 나무토막을
새를 만들어 기원의 깃대 끝에
앉힐 생각을 했을까?
알고 보면 시(詩)란
사물의 원형을 새로이 발견하는 일
깃대 끝에 앉은 새가 먼 곳을 볼 때
내 눈도 저 먼 그리움의 끝에 가닿는다
처음 나무옹이를 다듬어
새를 만들어 앉힌 사람은
기원의 시를 쓰는 시인
깃대 끝에서 새가 울면
하늘 저 끝에서 내 기원의 응답을 받아
새소리로 조용히 내게 전해 준다
깃대 끝에 앉은 새가 먼 곳을 볼 때
내 눈도 저 먼 그리움의 끝에 가닿는다.

후투티에 대하여

사슴의 뿔처럼 훌륭하진 못해도
나름 아름다운 머리 깃을 가졌다 해도
내가 책임져야 할 것에 대하여
날갯짓처럼 자유롭진 못하다
후투티라는 이름이
어느 열대 지역의 섬 이름처럼
이국적으로 들리기도 하지만
나는 당신의 생각처럼 자유로운 영혼은 아니다
날아다닌다고 다 자유로운 건 아니고
지붕 아래 깃들었다고 다 암울한 건 아니듯
후투티 후투티 이름을 부르면
어디서 옷차림부터 자유로운 영혼이
이국적인 모습으로 환하게 다가올 것 같지만
이름만으로 자유를 구하고
이름만으로 영혼을 살찌우진 못한다
사슴의 뿔처럼 훌륭하진 못해도
나름 아름다운 꽁지깃을 가졌다 해도
나는 당신의 생각처럼 자유로운 영혼이 아니다
후투티 후투티 이름을 부르면
그 이름만으로도 이국적인

환한 얼굴로 다가올 것 같지만
꽁지깃만으로 우리 삶을 살찌우진 못한다
날아다닌다고 다 자유로운 것도 아니고
지붕 아래 깃들었다고 다 암울한 것도 아닌
내 이름은 후투티 후투티.

울지 않는 새

　나는 지금 새에 대해 이야기하자는 게 아니다
　나는 지금 꽃에 대해 이야기하자는 게 아니다
　나는 지금 생각 너머에 가 있다

　나는 지금 둥지를 만들지 않는 새를 이야기하는 것이다
　나는 지금 향기를 품지 않은 꽃에 대해 이야기하는 것이다

　여름은 늘 너무 덥고
　겨울은 너무 춥다
　나는 지금 생각 그 너머에 가 있다

　둥지가 없는 새는 알을 품지 않는다
　향기를 품지 않은 꽃은 오래 시든다

　봄이라고 늘 화창하지도 않고
　가을이라 늘 청명하지도 않다

　나는 지금 새에 대해 이야기하고 있다
　나는 지금 꽃에 대해 이야기하고 있다
　한 번도 울지 않는 새가 있었다

한 번도 향기를 품지 않은 꽃이 있었다

그때 너는 어디에 가 있었나?

나는 지금 울음 그 너머에 가 있다
나는 지금 향기 그 너머에 가 있다.

아뿔싸! 칼을 너무 늦게 뽑았나?

입춘이 코앞이었다

이름은 원동(遠洞)이었지만 마음은 한결 가까웠다

연민(憐憫)에 날짜를 정하고 약속을 잡고
아주 마음을 먹고 나선 길이었다

길가 나무들이 새순의 눈을 틔우고 있었다
겨울나무의 실루엣이 서서히 지워지고
연두(軟豆)가 오고 있었다

이름은 원동이었지만 아주 내 가까이 있었다
나는 마음이 봄 햇살같이 한껏 부풀어지고 있었다

그런데, 아뿔싸 그대 옷깃의 향기만 조금 남아 있었다
매화는 벌써 떠나고 연두만 남았다

입춘이 코앞이었다
이름은 원동이었지만 아주 내 가까이 있었다
아주 마음을 먹고 나선 길이었다

그런데, 그대는 벌써 떠나고 매화 옷깃의 향기만
조금 남아 있었을 뿐이었다
연두에 조금 남아 있었을 뿐이었다.

아뿔싸! 칼을 너무 일찍 뽑았나?

一

붉은 목도리에 흰 스커트를 입고 있었다
동지매(冬至梅)라 했다

나는 불쑥 손을 내밀었다
악수를 청했다

소한이 코앞에 있었다

어느 한적한 해변가였다

무척 당황한 듯하였다
나도 처음 당하는 일이었다
눈만 맞추고 천천히 돌아서 나왔다

곧 대한이 닥칠 텐데
나는 걱정이 앞섰다

반쯤 눈을 내리깔고 말이 없었다
나는 목도리를 고쳐 매고 코트 깃을 세웠다

—

나는 뒤돌아보려다 마음을 바꿔 가만히 돌아섰다

어느 한적한 해변가였다
동지매라 했었다.

씨암탉과의 시월 산책

더운 여름 손 흔들어 보내 버리고 구절초가 살랑살랑 단
풍잎이 불긋푸릇 푸릇불긋 키 큰 리기다소나무 아래 서면
솔향이 솔솔 그런 날을 골라 관해정 은행나무를 지나 데크
로드를 지나 타박타박 체육공원을 지나 칠팔월 후덥지근한
바람도 다 보내 버리고 나는 뒷짐 지고 너는 종종걸음 "얘
야 구월도 가고 시월인데 우린 뭐하나?" 손바닥을 탁탁 치
면서 묻지도 못하는 말 생각해 내곤 혼자 씩 웃으며 뭉게구
름아 흘러가라 타박타박 왼편에는 고운봉 오른편엔 회원천
물소리 좔좔 매운 모기도 이제는 안녕 코스모스 한들한들
벌써 단풍 든 벚나무 참나무 발밑의 낙엽 아니 벌써 시월 씨
암탉과 타박타박 더운 여름도 손 흔들어 보내 버리고 나는
뒷짐 지고 너는 종종걸음 남들은 모두들 국화 축제 간다는
데 여기는 키 큰 리기다소나무 아래 칠팔월 후덥지근한 바
람은 다 보내 버리고 단풍잎이 불긋푸릇 푸릇불긋 솔향이
솔솔 뭉게구름아 흘러가라 할 얘기도 없으면서 나는 뒷짐
지고 너는 종종걸음.

달빛 훤히 치밀 동(瞳)

마지막 교정처럼
쉼표를 넣었다가 빼고
뺐다가 다시 넣고
낱말을 붙였다가 다시 띄우고
이젠 끝이다
탁 하고
볼펜을 내려놓는 먹물처럼 검은 밤
저문 테라스에 나가 담배를 한 개비 입에 무니
달빛이 온 하늘에 가득
빤히 얼굴을 내비친다, 훤한 달
출렁출렁 구름을 헤치고 나와
하늘 펑 터진다.

광장

꾸욱 꾸욱 꾸우욱
꾸욱 꾸욱 꾸우욱
여기저기서 할 말 많은 가슴들이
드넓은 광장에 모여
후루룩 후루루 날아올랐다
우루루루 몰려 내려앉았다가
쿡쿡 쿡쿡쿡 좁쌀 같은 일상을 쪼다가
다시 우루루 우루루 모여 앉았다가 다시
꾸욱 꾸욱 꾸우욱
꾸욱 꾸우욱 꾸우욱
제대로 알아들을 수 없는 소리들을
저희끼리 꾹꾹거리다가
다시 우루루 우루루 모여 앉았다가
다시 후루룩 후루루 날아올랐다가
꾸욱 꾸욱 꾸우욱
꾸욱 꾸우욱 꾸우욱
할 말을 다 하지 못한 앙가슴들이
날아올랐다가 내려앉았다가
드넓은 광장을 꾹꾹거리다가
제대로 알아들을 수 없는 소리가

모였다가 흩어지는 한낮.

다시 동백

이 겨울 언제 지나가려나?
멋모르는 사람들은 이제 꽃이 폈으니
꽃다운 시절이라고 헛소리들을 하는데
십여 년 전에 이미 퇴직을 한 나는
좁쌀 비슷한 연금으로 겨우 연명이나 하는
아직 가솔이 많은 가장이다
가끔 있는 원고료로 잔술이나 마시고
하루 또 하루
노을만 바라보며 겨우 버텨 서 있는
꽝꽝 언 나무인 것을
사람들은 내 꽃의 붉음만 보고
꽃다운 시절이라니!
저 붉음이 심장의 막막한
아픔에서 오는 줄 모르는 모양
구석에서 구석으로 거미줄이나 걷으며
정말, 이 겨울 언제 지나가려나?
쥐꼬리 조금 면한 연금으로 겨우 연명이나 하는데
멋모르는 사람들은 이제 꽃이 폈으니
꽃다운 시절이라고 헛소리들을 하는데
하루 또 하루

노을만 바라보며 겨우 버텨 서 있는
나는 아직 거느린 가솔이 많은 가장
꽝꽝 언 나무인 것을.

봄날의 맑은 과녁 1

— 나는 당신에게 빚졌습니다 아무 짓도 하지 않으면서 한나
절을 보냈습니다 꽃이 그냥 피었겠습니까? 나의 빚은 한나
절의 햇빛만으로도 자랍니다 나비가 오지 않아도 피는 꽃
처럼 빚은 빚으로 남습니다 나는 당신에게 빚을 졌습니다
그것만으로도 온 봄날이 다 화창합니다 봄날은 화창한 만
큼 더 큰 외로움이 펄럭입니다 아무 짓도 하지 않았는데도
꽃은 피었고 나비는 오지 않았습니다 나는 당신에게 빚을
졌습니다 빚은 점점 더 큰 빚을 낳겠지요 햇빛은 전자저울
보다 더 정확하게 시간의 무게를 재고 있습니다 그림자는
해를 피해 자꾸 도망을 칩니다 전자저울에서 나의 시간은
얼마나 무겁습니까? 나는 당신에게서 그림자처럼 자꾸 달
아나려고 합니다 나에게는 얼마만큼의 시간이 쌓여 있을까
요? 나는 아무 짓도 하지 않으면서 한나절을 다 보냈습니다
당신의 빚으로 너무 환해서 눈이 부십니다 나비가 오지 않
아도 피는 꽃처럼 빚은 빚으로 환합니다 나는 당신에게 빚
을 졌습니다 그것만의 무게로도 온 봄날이 다 화창합니다
꽃처럼 화창합니다.

—

봄날의 맑은 과녁 2

나는 또 당신 모르게 빛을 낳았습니다 당신의 둥지에 당신 모르게 빛을 낳았습니다 봄날은 역시 뻐꾸기가 울기 좋은 날씨입니다 모스부호처럼 짧게 길게 반복적으로 신호를 남깁니다 봄날은 역시 빛을 낳기에 좋을 만큼 화창합니다 그래서 빚은 빛으로도 읽힙니다 계절에 맞게 당신은 시간을 잘 맞춥니다 슬픔만큼 큰 깃발이 있을까요? 바람이 불지 않아도 슬픔은 펄럭입니다 슬픔은 눈물 없이도 잘 펄럭입니다 병에 담긴 눈물은 향수처럼 향기롭지요 당신도 슬픔을 병에 담아 두고 있습니까? 나는 또 당신 모르게 빛을 낳았습니다 빚은 빛을 보지 않아도 무럭무럭 자랍니다 별만 보고도 방향을 알아맞히는 항해사처럼 당신은 당신의 시간을 잘 맞추지요 봄날은 역시 뻐꾸기가 울기 좋은 날씨입니다 계절에 맞게 당신은 시간을 잘 맞춥니다 나도 모스부호처럼 짧게 길게 반복적으로 신호를 남깁니다 바람이 불지 않아도 슬픔은 펄럭입니다 나는 또 당신 모르게 빛을 낳았습니다.

봄날의 맑은 과녁 3

　봄날의 아침은 무엇보다 꽃바구니가 제격입니다만 봄날의 꽃값은 대목 장날의 생선보다 비싸지요 세상에서 가장 비싼 것 중 하나가 꽃값 꽃이 꽃값을 하는 것을 사람들은 잘못 꼴값으로 오독하기도 하지요 봄날은 자주 변덕이 심해 아침에는 안개가 저녁나절엔 가랑비가 옷깃을 적시기도 합니다 비에 젖은 꽃은 더 새초롬하여 봄날을 아련하게 합니다 비에 젖은 꽃이 고개를 숙이고 어깨를 들썩일 때 나는 봄날의 빚을 생각합니다 아무래도 꽃은 봄날에 빚졌습니다 손 내민 적 없는 햇살에도 빚졌습니다 봄날의 아침은 무엇보다 꽃바구니가 제격입니다만 봄날은 자주 변덕이 심해 아무래도 꽃은 봄날에 빚졌습니다 나도 봄날에 빚졌습니다 꽃이 꽃값을 하는 것을 사람들은 잘못 꼴값으로 오독하기도 하는 봄날 고개를 숙인 꽃의 꽃말을 생각합니다 아침에는 안개가 저녁나절엔 가랑비가 옷깃을 적시기도 합니다만 꽃이 고개를 숙이고 어깨를 들썩일 때 한 번도 마주한 적 없는 당신에게 나는 빚졌습니다 빚진 마음은 빚진 마음으로 아련하지요 나는 저 봄날에 빚졌습니다.

풀등 1

잊었다 말한다고 다 잊힌 게 아니라고
어느 날 불쑥 떠오르는 그녀의
훌쩍이며 돌아서던 뒷등 같은 것
여기 있다
비 온 뒤 맑은 바람이 불 듯
가슴을 적시는 기억의 서늘함이여
바닷속 고래가 잠시 물 밖으로
호흡을 위해 등을 보이듯
뿜어 올리는 저 빛살
잊힌다고 다 잊힌 게 아니라고
문득문득 돌아서서
아직도 훌쩍이는 그녀의 울음소리
나직이 귓전을 때릴 때
오직 내게만 보이는 네 등
문득 떠오르는 기억의 등

자 봐라.

풀등 2

바닷속 같은 인생사를 누가 다 알겠나
물결은 밀리고 또 밀리고
어쩌다 한번 마주치는 행운 같은 것도
알고 보면 신기루 같아서
잡힐 듯 안길 듯 어른거리지만
다 허망한 안개 속
물이 빠지면 그제야 속을 드러내는
저 모래톱의 풀등 같은 것
물속에 잠긴 인간사를 어찌 다 알겠나
물결은 밀리고 또 밀리고
어쩌다 한번 내게 안기는 축복 같은 것도
다 모두 물속의 일 같아서
내 마음 같지 않고 내 속 같지 않아
밀리는 파도 같고 바람 같고
다 그 속을 알 수 없는 것
물이 빠져야만 그제야 속을 드러내는
저 모래톱의 풀등 같은 것
잠시 얼굴을 드러내나 싶다가도
곧 물속으로 잠기고 마는
인생사 알고 보면 다 저 풀등 같은 것

물결은 밀리고 또 밀리고
있는 것 같다가도 보이지 않고
보이는가 싶다가도 잠기고 마는
인생은 모두 다 저 풀등 같은 것
그대 가끔 내게 건네는
땀에 젖은 악수 같은 것
자! 여길 봐라.

가도 가도 서쪽인 반달

그대는 서쪽으로 가시게
머뭇머뭇거리던 하루의 해도
서쪽으로 가서야만
마침내 마침표를 찍지 않던가?
그대 서쪽으로 가시게
머뭇머뭇거리던 일 다 그만두시고
조용히 서쪽으로 가시게
가도 가도 서쪽인 우리들의 삶
늘 해가 지는 서쪽으로 가시게
아침의 동녘에서 해가 뜰 때도
그림자는 서쪽을 가리키지 않던가?
삶의 빈칸을 메우며
그대 서쪽으로 가시게
모든 일들이 다 그렇지
꽃을 피우는 일이나
단풍이 드는 일
모두들 서쪽으로 가서야만
마침표를 찍지
가도 가도 서쪽인 반달과 같이
그대 서쪽으로 가시게.

구룡폭포에서

백만 마리의 코끼리 떼가
백만 마리의 코끼리 떼가 지나가는데
눈썹 하나 흔들리지 않는 꿋꿋함
백만 마리의
백만 마리의 코끼리 떼가
거침없이 지나가는데
오직 홀로
꼿꼿이 선 저 장대함
백만 마리의
백만 마리의 코끼리 떼가
지축을 울리며 지나가는데
홀로 선 미륵 하나
훔리치야 도래
훔리함리 사파하
백만 마리의
백만 마리의 코끼리 떼가
지축을 울리며 지나가는데.

제2부

나무

태어나 한 번도 자리를 옮기지 않은
끝없는 용맹정진
장좌불와
내게 바람이 해일처럼 지나도
햇살이 폭우처럼 쏟아져도
단 한 발자국도 자리를 옮기지 않고
끝없는 묵언수행
장좌불와

생각을 가지런히 내려놓은 무념무상의 잎사귀들

나무
관세음
나무 관세음보살.

웅크린 자세

무게의 중심은 가급적 낮게
언제 어디서 닥칠지 모를 위협에 대해
엎드리듯 가장 완전한 방어 자세로
허점이 보이지 않게 더 단단히
서 있지만 서 있는 것도 아니고
엎드렸지만 엎드린 것만도 아닌
적들이 금방 들이닥칠 듯
어디서 적들이 올지 모를
초조와 불안을 감추며
가급적 무게의 중심은 낮게
엎드리듯 가장 완전한 방어 자세로
허점을 허점으로 가리며
언제 어디서 닥칠지 모를 위협에 대해
초조와 불안을 감추며
서 있지만 서 있는 것도 아니고
엎드렸지만 엎드린 것만도 아닌
아, 내가 살아온 한평생
여기 백두의 자작나무여.

말똥가리성게

악몽을 꾼 저녁에는 새가 보인다
발이 많은 말똥가리성게의 가시처럼 돋는 소름
누군가는 말똥가리성게가 파랑새를 낳는다고 한다
나는 파랑새처럼 가벼워져서
그대에게 날아가고자 했으나
악몽은 악몽으로 끝나지 않고
말똥가리성게의 가시처럼 눈을 찌른다
악몽의 기억과 함께 늦은 아침
아침 햇살에도 가시를 세워 눈을 찌르고
낯모를 사람들 틈에서 나는 홀로 아침을 맞는다
다들 그렇게 바쁜가?
어디를 가서는 파랑새처럼 돌아오지 않고
발이 많은 말똥가리성게의 가시처럼
기억에 새롭게 돋는 소름
어제저녁에 꾼 악몽처럼 나는 또 혼자다
발이 많은 말똥가리성게의 가시처럼 돋는 소름
파랑새는 벌써 날아가고 나는 혼자다
누군가는 말똥가리성게가 파랑새를 낳는다고 했는데
악몽을 꾼 저녁에는 새가 보인다.

곡부

대성전 앞 향나무 또 향나무
시 삼백 편이면 삿된 마음이 없다는데
"얘야! 요즘 시를 공부하고 있느냐?"
향나무, 대성전 앞 또 향나무
시를 읽지 않으면 할 말이 없다는데
"얘야! 너 요즘 시를 공부하고 있니?"
천년 전의 물음이 어깨를 툭툭
줄지어 선 향나무가 어깨를 툭툭
시 삼백 편이면 삿된 마음도 없다는데
대성전 앞 향나무 또 향나무
천년 전의 물음이 어깨를 툭툭.

*곡부(曲阜): 공자가 태어난 곳. 공묘(孔廟), 공부(孔府), 공림(孔林)이 있다.

다시 곡부

흔들리는 마음에 떠밀려 여기까지 왔다
곡부, 도착하자마자 밤새 술을 마시고
독한 백주에 취해 빨개진 볼따구니
찬물에 얼굴 씻고 새벽 저잣거리
도장 파는 가게 앞에 섰다
흔들리는 것과 흔들리지 않는 것
마음이란 과연 무엇이냐
새벽은 어슴푸레
나는 자꾸 마음에 떠밀리고
한 움큼 무엇인가 꼭 움켜쥐고 싶었다
어젠 공묘에 참배도 했으니
이제 도장이나 하나 파서는
헛헛한 마음에 낙관이나 찍어야겠다고
도장 하나 파는 데는 이십 위안
줄지어 선 도장 가게 앞에 서서
이 기분, 무엇이라 새길까?
나는 울고 싶은 마음이 아닌데
자꾸 울음 우는 곡부(哭婦) 생각이 났다
도장 하나 파는 데는 이십 위안.

풍죽 1

사람살이로 말하자면
어려움을 당해서야 그 마음의 품새가 드러나듯
늘 푸른 대나무도 바람을 맞아야
제멋이다 몇 해 전
서울 동대문 프라자에서 간송전을 보다가
풍죽(風竹) 복사본을 한 점 구해다 놓고
한참을 잊고 지내다 새삼
액자를 하여 거실 벽에다 걸어 놓았다
마음 어지러운 어느 날
가만히 바라보니 내 마음이 다 환해진다
대숲에 든 듯 새소리
댓잎 부딪는 소리 들린다
역시 푸른 대나무도 바람을 맞아야
어려움 이겨 낸 옛 어른 풍모 보여 준다
여린 가지와 흐린 묵향 속에서
어디 저런 기품이 숨어 있었나?
새삼 찬찬히 들여다보게 한다
대숲에 든 듯
세속을 벗어난 듯
내가 잔잔히.

풍죽 2

문득 새벽에 깨어나 책상에 앉았는데
벽에 걸린 풍죽을 지긋이 훔쳐봤더니
그 구도가 마치 아름다울 미(美)처럼 보인다
한갓 대나무도 만고풍상을 겪어
그것을 슬기롭게 이겨 냈을 때
비로소 아름다움을 얻는다는 것인가?
흔들리는 가지 끝에서 염화시중
내 삶의 길이 보인다
시인 도종환은 이미
흔들리지 않고 피는 꽃은 없다고 읊었는데
풍죽도 그러하단 것인가?
이른 새벽 문득 깨어나
새로운 삶의 한길을 보는 이 기쁨
대나무가 대나무로만 보이지 않는
이 아름다움을 간송 선생께서도 이미 보셨겠지?
한갓 대나무도 만고풍상을 겪어
그것을 슬기롭게 이겨 냈을 때
비로소 아름다움을 얻는다는 것
저 바람에 흔들리는 풍죽이 오늘 새벽
아름다울 미(美)처럼 보인다.

딱새우

딱새우는 딱! 새우
그런데 바닷가재란다
하도 딱딱거려서 쳐다보면 딱! 새우
그런데 아메리카바닷가재와 동일하게 바닷가재란다
쳐다보면 새우깡의 딱! 그 새우인데
알고 보면 바닷가재인 딱새우
하도 딱딱거려서 쳐다보면
딱! 새우
가재나 새우나
글쎄,
거기서 거기지만

이놈아! 그만 딱딱거려.

합천

이름만 듣고
다 좁은 골짜기라고 생각하면 오산
실개천 개울물같이 좁은 계곡도 있지만
황강처럼 넓은 평야를 담고 있는 물도 있다
무릉(武陵)처럼 숨겨진 골짜기도 많지만
가야 고분군처럼 확 드러낸 곳도 적지 않다
합천(陜川)은 내 외가가 있는 곳
내가 백일 전후로 들락거리기 시작하여
환갑을 넘길 때까지 자주 왕래하던 곳
내 외가는 적포의 바람재에서도 한 십 리쯤
더 들어가야만 하는 골짜기에 있었지만
내 외조부님은 품새가 참으로 넓으신 분
합천 고을이 다 환했다
그 많은 친손자들을 다 제쳐 두고
못난 나를 가장 아끼셨다
합천, 그러니 이름만 듣고
다 좁은 골짜기라고 생각하면 오산
황강처럼 넓은 평야를 담고 있는 물도 있다.

하회에서

한평생 산다는 것이 어떻게
바늘처럼 꼿꼿하기만 할까?
이리로 휘청 저리로 휘어청
어떻게 살아야 할까? 의문이 들 때
하회(河回)로 가자, 저 강물도
모질게 살지 마라 휘어청
둥글게 돌아서 간다, 마을을 돌아
숲을 돌아 독경 소리 못 들은 척
강물도 둥글게 돌아서 간다
살면서 모진 말 듣고 가슴이 막막할 때
하회로 가자, 짐을 부리듯
한 번 고개를 돌리고 휘어청
부용대를 바라보면 큰 숨 한 번
여백이란 보여 주지 않은 또 다른 풍경
모두가 발길을 멈추는 석양의 당산나무같이
마음 순편하게 품 넓은 가슴으로
고개 한 번 돌리고 휘어청
한평생을 살면서 어떻게
숨 한 번 헐떡거리지 않고 살까?
강물은 다시 방풍림 앞에다 한숨처럼

한 다발의 모래밭을 토해 놓고
강물은 또 한 번 휘어청
둥글게 둥글게 돌아간다
모질게 살지 마라 휘어청
둥글게 돌아서 간다.

이하동문(以下同文)

아랫것들은 영원히 따라붙는 꼬리
무 꼬랑지나 무청 시래기
기타 등등과 어깨를 겨룬다
하느님같이 높으신 분들께는 익숙한 말
맨 처음
길게 한 줄을 다 낭독하신 다음
나머지는 다 이하동문
다 똑같은 아랫것들이다
그래서
금세 기억에서 사라지거나
쉽게 잊힐 수 있는 꼬리다
나도 그중 하나
가운데 토막이 아니어서 이하동문이다
평생을 이하동문으로 산 꼬리들이 모여
동문회를 연다
짜장면에 짬뽕 국물을 두고
기타 등등과 즐겁게 소주를 마신다
아랫것들은 영원히
무 꼬랑지나 무청 시래기면서
늘 따라붙는 꼬리들

다 똑같은 아랫것들이어서 좋다
금세 기억에서 사라지거나
쉽게 잊힐 수 있어 기쁜.

웃음, 소(笑)

눈이 갸름해지게 웃다 보면
드높은 하늘도 반쯤 가려지고
노인의 주름살은 더 깊게 파인다
어떤 시인은
웃음 소(笑)를 파자하여
죽천(竹天)이라 호(號)로 쓰기도 하였는데
한글의 웃음도 그 글자 모양을 보면
얼굴 가득 미소를 머금고 있는데
웃음 소(笑)란 글자도 그렇다
내가 사는 집은 소소헌(笑笑軒)
웃음 소(笑) 자가 둘이나 들어간다
왜 사냐? 묻지 않으며
왜 웃음이냐? 물어도
소이부답(笑而不答)
자주자주 웃다가 보면
드높은 하늘도 대나무 숲에 가려져
웃음 소(笑)같이 반쯤 웃는 얼굴이 되는지
눈물의 상처 같던 주름살도
웃음의 그늘이 되는지
혹여 알런가, 눈이

갸름해지게 웃다 보면.

쑥부쟁이

꽃답다 여기면 꽃 같고
풀 같다 여기면 풀 같은
사람의 일을 어이 다 알며
사랑의 결말을 어이 다 알리

지나간 시간이 아름다웠다면 아름다운 대로
지나간 시간이 괴로웠다면 괴로운 대로

꽃은 이미 우리가 알고 있듯이 그 자세가 처연하다

화장을 한 것 같기도 하고
화장을 하지 않은 것 같기도 한

풀도 아니고 꽃도 아닌
바람에 흔들리는 음력 구월의
저 사랑 그림자

한 계절의 바람이 다 지나가도록
누군가를 기다린다거나
누군가를 그리워한다면

그 잎과 줄기는 이미 쓴맛이 들었겠다

꽃답다 여기면 꽃 같고
풀 같다 여기면 풀 같은
사람의 일을 어이 다 알며
사랑의 결말을 어이 다 알리.

달의 계곡

아차! 싶을 때
마음의 그늘이 저녁 어스름처럼 찾아오는 날이 있을 거야
그때가 바로 새로운 세계에 발을 들여논 순간이지
조간신문을 펼치면 제일 먼저
오늘의 운수를 찾게 되고
사랑도 사람의 일이라 자주
길이 엇갈릴 때가 있다는 것을 느끼게 되지
그때가 바로 새로운 세계에 발을 들여논 순간이지
저 밝은 얼굴의 뒷면에
어두운 주름살이 감추어져 있다는 역설
오늘 하루도 오늘의 운수를 뒤적거리며
'믿는 도끼에 발등을 찍히는 일이 있을 수 있는 운'
오늘의 운세를 읽는 순간
미간의 주름살이 계곡의 그늘을 만들지
이런 삶도 다 사람의 일이라 자주
희비가 엇갈릴 때가 있다는 것을 느끼게 되지
아차! 싶을 때 그때가
마음의 그늘이 저녁 어스름처럼 찾아오는 날이지
오늘도 아침이면 어김없이 찾아오는
조간신문같이

달의 뒷면 어두운 그늘.

흰머리 꽃받침

꽃도 꽃받침이 있어야 비로소 완성되지
어느 날부터 아내는 방아쇠근이 아파
설거지를 할 수 없다고 했다 그날부터
나는 설거지를 할 줄 아는 남편이 되었다
어느 날부터 걸레도 짤 수 없다고 했다
그날부터 나는 거실과 침실을 훔칠 줄 아는
남편이 되었다 이제 세탁기만 정복하면
나는 노년이 걱정 없는 사람, 이미 밥솥은
익힌 지 오래, 김치찌개나 된장찌개는
자취 시절 이미 한 경험자, 이젠 한고비
넘겼어, 나는 어느 날 아내의 그 방아쇠근
덕분에 이젠 걱정 없어, 삼 년의 군 복무를
잘 마친 나도 모르는 그 방아쇠근 덕분에
나는 이제 노년이 걱정 없는 사람
백두(白頭)는 갓을 쓰지 않은 흰머리
나도 모르는 그 방아쇠근 덕분에
이제 나는 걱정 없는 사람
아내의 찬란한 꽃받침
백두는 갓을 쓰지 않은 흰머리.

운주사 와불 앞에서

저렇게 꽃 피는 일이 천 년이라면
나는 아직 젊다

나란히 누워 하늘만 바라보며 또 천 년이라니

이제 마당 어귀에 꽃밭도 일구고
채송화나 봉선화를 심어도 좋겠다

어디 백반이나 구해 와
손톱에 꽃물 들이며
한 백 년 호호거려도 좋겠다

너 닮고 나 닮은 아이들을 낳아
장난기 가득한 돌탑이들 일흔 개나 여든 개 세워 놓고서

나란히 팔베개를 하고 별자리나 찾으며 한 계절을 넘기면
또 어때

한 번 꽃 피는 일이 이렇게 천 년이라면
나는 아직 젊다.

제3부

담뱃불을 붙이는 사람

우리는 모두 조로아스터 신봉자

불을 향해 두 손을 모으고

어깨를 한층 낮춘 채 고개를 숙인다

행여 바람이라도 불어 불이 꺼지기라도 하면

천지가 무너질 듯 걱정스러워

여러 사람이 불을 에워싸고

오직 한곳을 향해 눈을 모으기도 한다

진리의 불길을 향해 불타오르는

저 겸손한 자세

도처에 신(神)은 있다.

리듬

　어떤 음표들은 재주를 넘고 어떤 음표들은 껑충 뛰고 또 다른 음표는 구르고 빙 돌고 훌쩍 뛰어올라 척 걸터앉고 살판났다 서로 어깨를 걸고 우르르 빙빙 돌다 옆으로 삐딱하게 척 걸터앉고 훌쩍 뛰었다 다시 껑충 우뚝 솟았다가 착 가라앉았다가 큰 소리 작은 소리 높은 소리 낮은 소리 어떤 음표들은 음표 위에 올라타고 또 다른 음표들은 껑충 뛰고 재주를 넘고 구르다 빙 돌고 머리를 휘휘 돌리고 제자리서 훌쩍 재주를 넘고 서로 어깨를 걸고 우르르 빙빙 돌다 척 걸터앉고 훌쩍 뛰었다 다시 껑충 우뚝 솟았다가 착 가라앉았다가 음표 위에 음표가 올라타고 우르르 빙빙 돌다 다시 껑충 큰 소리 작은 소리 높은 소리 낮은 소리 아주 요란한 그림 아주 살판났다 재주를 넘다 껑충 뛰고 빙빙 돌고 쉼표 하나 없이 훌쩍 뛰었다 다시 껑충.

쫄래쫄래

어쩌다가 얻어걸린 십 원짜리에 달디단 호박엿, 엿이 한 가락, 길 가다가 주운 듯 십 원 하나에, 빨아도, 빨아도 십 리 간다는 크나큰 왕눈깔, 사탕이 하나, 어쩌다가 내 손에 온 십 원짜리에, 쫄쫄이 따라오는 꼬맹이 하나, 그 뒤에도 따라오는 꼬맹이 또 하나, 옛날에, 옛날에 옛날 옛적에, 어쩌다가 얻어걸린 십 원짜리에, 줄줄이 따라오는 얘기가 여럿, 그 뒤에도 따라오는 얘기가 여럿, 길 가다가 주운 듯 십 원 하나에, 빨아도, 빨아도 십 리 간다는 크나큰 왕눈깔, 사탕이 하나, 어쩌다가 내 손에 온 십 원짜리에, 쫄쫄이 따라오는 꼬맹이 하나.

성죽

이름이 그의 본질에 값하는 것이라면
남천(南天)은 성스러운 대나무다
겨울이 되어도 잎 푸르고
그 열매 또한 붉으니
성죽(聖竹)이란 그 이름에 값한다
내 마음 어지러웠던 십여 년
나는 내 화단에 남천을 키우며
울화 찬 마음을 다스렸고
둘 곳 없는 눈길을 남천에 두어
허황한 한 세월을 넘겼다
내 화단에 남천은
함안 산인 모곡의 고려동
그곳의 배롱나무와 뜻이 같아
겨울이 되어도 잎 푸르고
그 열매 또한 붉으니
성죽이란 그 이름 값한다
마음 붉고 잎 푸른 젊은 그대여
마음이 허하여 세상에
눈길 줄 곳 마땅치 않으면
무릇 성죽을 곁에 두라

이름이 그의 본질에 값하는 것이라면
남천은 성스러운 대나무다.

뜨거운 돌

나는 지금 작은 조약돌
두 손에 폭 안길 듯 작다
하도 만지작거려서 겉은 이미
호두알처럼 매끄럽고
모양은 둥글어서 모난 구석이 하나도 없다
나는 지금 작디작은 조약돌 그러나
묵언수행의 압축과 응고
내 속엔 이미 이억 오천 년의 역사가
알곡처럼 차곡차곡 쟁여
안으로 안으로만 쌓여 온 질량이
핵폭탄처럼 터질 듯 그러나
나는 지금 작은 조약돌
뜨거운 열기는 안으로만
저울로는 달 수 없는 높은 질량의
생각과 상념과 체념의 시간이
빅뱅의 그 직전처럼 꽉 찬 내부
겉은 하도 만지작거려서 이미
호두알처럼 매끄럽지만
안으로 안으로만 쌓여 온 질량이
핵폭탄처럼 터질 듯 그러나

나는 지금 아주 작은 조약돌.

호랑가시나무 아래의 생각 벤치

겁 많은 토끼가 가시덤불을 좋아하듯이
나는 조용히 호랑가시나무 아래 벤치에서
햇볕을 쬐길 가만히 좋아하는데
오늘은 상추쌈을 좋아하는 아내를 위해
젓갈을 사러 가네, 어시장엔 왼통 짠 내
웬 젓갈들이 그렇게 종류도 많아
명란젓, 창난젓, 새우젓, 갈치속젓, 어리굴젓
다 맛볼 수는 없고 무슨 젓을 살까?
눈으로만 한참 맛 요기를 하는데 허 참!
하긴, 내가 삼십 년을 근무한 여학교도
아이들이 너무 많아 항상 시끌벅적
나는 조용히 호랑가시나무 아래 벤치에서
겁 많은 토끼가 가시덤불을 좋아하듯이
햇볕을 쬐길 가만히 좋아했는데
학교는 왼통 시끌벅적
웬 소란들이 그렇게 많아
여드름쟁이가, 단발머리가, 짧은 치마가
선생님, 선생님, 선생님 여기서 뭐 하세요?
나는 다 대꾸할 수도 없고 뭐라고 할까?
머리만 벅벅 긁었는데

이제는 다 지나간 일들
호랑가시나무도 이젠 없고
벤치도 이젠 없고 오늘은 그냥 햇살만
햇살만 좋은데, 상추쌈을 즐겨 하는 아내를 위해
오늘은 젓갈을 사러 어시장 가네
어시장엔 젓갈, 젓갈들 왼통 짠 내.

*겁 많은 토끼가 가시덤불을 좋아하듯이: 몽골의 민요에서.

대숲

이제 나는 망우(忘憂)의 숲에 들었습니다
파죽지세, 들개같이 몰려들던 세속의 바람
숲에 기대어 이제 망연히 잊겠습니다
신발을 벗고 혁대도 조금 느슨히 풀고
한동안 댓잎 소리 따라가겠습니다
쏜 화살처럼 속절없이 빠른 세월도 잊고
느린 소걸음같이 그침 없는 시간도 잊겠습니다
나는 이제 망우의 숲에 들었습니다
속을 비운 대나무같이 나도 망우하겠습니다
내가 지키고자 한 삶이
결국 대나무 마디 같은 것이었나요
버려도 될 많은 각오들이 다
서걱거리는 바람 소리 같은 것이었나요
나는 지금 귀 떨어진 기왓장같이 누웠습니다
이제 어디 간 곳 모를 댓잎같이 푸른 날들
가지를 흔들어 대던 세속의 바람
숲에 기대어 이제 망연히 잊겠습니다
이제 내 것 아닌 호흡들을 흘려보내며
조용히 댓잎 소리 따라가겠습니다
나는 이제 망우의 숲에 들었습니다

대나무 마디마디 귀 닫고
망우하겠습니다.

다시 대숲

대숲에는

실바람같이 일렁이는 마음이 있어

귀엣말같이 속살거리는 마음이 있어

도마 소리 밥 냄새 끊고

속리(俗離)를 한 듯

한 세상 어쩌면 선계(仙界)에 들어

영영 구름같이 절로절로 흘러서

자취 없이 흩어질 듯

진주 남강 변의 작은 대숲

지척 간이라도 여기는 별유천지

이 작은 대숲에도 일렁이는 마음이 있어

귀엣말같이 속살거리는 마음이 있어

고함 소리 경적 소리 다 잊고

영영 속리한 듯

아니 이대로 한세상 선계에 들어

자취도 없이 영영 흩어질 듯

하마 속세는 다 잊은 듯

몇십 리 대숲이 아니래도

대숲에 들면 대숲에만 들면

지척도 아주 천리만리인 듯

진주 남강처럼 절로절로 흘러서
관향(貫鄕)도 잊고 나이도 잊고
아니 영영 속리한 듯.

간

토끼가 집을 나설 때

바위틈 둥지에다 숨기고 길을 나서듯

간은 옷장 속 깊숙이 숨겨 놓고 나서야 하는 것

용왕님이 토끼의 간을 필요로 하는 것처럼

내 간도 탐을 내는 사람들이 너무 많아

간을 들고 길을 나서는 것은 부담스러워

그런데도 사람들은 쓸데없이

네 간 좀 보여 줘

네 간을 꺼내 놓아 봐

수시로 탐을 낸다

내가 간을 숨기고 온 날이면 하필

회식 자리도 많아 적당히

술잔이 돌고 나면 나는 쉽게

취한다 간이 없으므로

술이 빨리 깨지 않는다

술 해독엔 역시 간인데

그런데도 나는 지금도 간을

빼놓고 다닌다 그래서 내 간은

아직 술을 배우기 전 이십 대

펄펄 젊어서 쉬이 붉게 달아오른다

그런데도 사람들은 요즘도 쓸데없이
네 간 꺼내 놓아 봐
네 간을 좀 보여 줘
탐을 낸다
쉬이 붉게 달아오르는 간을.

순대

속이 꽉 찬 한 끼
인사치레로 약간의 쌈장만 있으면 되는 한 끼
말없이 묵묵히 한 서너 끼 굶어도 괜찮을 듯
속이 꽉 찬 한 끼를 만나다 보면 나도
어디 순댓집이나 하나 차려 볼까? 싶은
김이 술술 나는 솥을 걸어 두고
머리숱이 적은 앞이마를 빛내며
창자를 덤벙덤벙 썰어 내다가
간, 허파, 심장, 내장도 필요하세요?
접시에 담다가 물어보다가
자! 여기, 쌈장을 두 개나 넣어 주며
웃는 듯, 눈만 껌벅거리며
아주 속이 꽉 찬 한 끼
벌써 배부른 한 끼, 인사치레로
간, 허파, 심장, 내장도 필요하세요? 묻곤
약간의 쌈장만 있으면 되는 한 끼.

백로, 아니면 두루미

어느 출판기념회 자리에 갔을 때, 후배가
그것도 아끼는 후배가, 맥주 글라스를 앞에 둔 나에게
소주병을 들고 와서 술을 들이붓는다, 나는 슬쩍
피하고 맥주를 받는다, 이게 나를
위하는 일이냐? 죽이는 일이냐?
그것이 문제다

친한 형님의 생일날 초대를 받아 갔을 때, 후배가
그것도 아끼던 후배가, 나에게 왜 술잔을 피했는지
따져 묻는다, 본질은 어디 가고 말은 잘한다, 나는
무서워, 그 적의(敵意)가 무서워서
그랬다, 말을 못 한다, 이게 나를
위하는 일이냐? 죽이는 일이냐?
그것이 문제다

백로와 두루미는 다른데
나도 자꾸 헷갈린다.

13일의 금요일

유다가 그를 팔기로 마음먹은 것은 결코
은화 30세켈이 탐이 나서가 아니다
유다가 그를 팔기로 마음먹은 것은
그를 향한 믿음이 무너져
의심이 의심을 낳은 그날의 운세
그날의 날씨 탓
유다가 그를 팔기로 한 것은
결코 은화 30세켈 때문은 아니다
은화 30세켈은 막노동자 120일 봉급
유다의 믿음이 막노동자
넉 달의 땀방울에도 미치지 못했기 때문
네가 나를 팔기로 마음먹은 것도 결코
금 닷 돈이 탐이 나서가 아니다
네가 나를 팔기로 마음먹은 것은
나를 향한 믿음이 무너졌기 때문
믿음이 막노동자 한 달 치 땀방울에도
미치지 못했기 때문
나를 향한 믿음이 무너져
의심이 의심을 낳은 그날의 운세
그날의 기분 탓

유다가 그를 팔기로 마음먹은 것이 결코
은화 30세켈이 탐이 나서가 아니듯
네가 나를 팔기로 마음먹은 것도 결코
금 닷 돈이 탐이 나서가 아니다
믿음이 무너져 의심이 의심을 낳은
그날의 운세 그날의 날씨 탓.

이런 날은 빨간 넥타이를

늘 아침 회의가 있는 월요일
늦잠을 자고 출근이 늦어 허둥거릴 때
이 당혹을 그대들은 어떻게 하시나?
나는 빨간 넥타이를 매지
누구에게나 눈에 띄는 빨간 넥타이
봉급날은 한참 남았고
지갑에는 겨우 담뱃값만
커피값도 아니고 겨우 담뱃값만
이럴 때 그대들은 어떻게 하시나?
나는 빨간 넥타이를 매지
누구에게나 눈에 잘 띄는 빨간 넥타이
업무 보고를 해야 하는데
나는 제대로 준비가 되지 않았는데
그대들은 어떻게 하시나?
나는 빨간 넥타이를 매지
누구에게나 눈에 띄는 빨간 넥타이
옷장 안의 많은 넥타이들 중
가장 빨간색, 너무 짙다 싶은 빨간 넥타이
세상이 번번이 나를 속인다 싶을 때
이럴 때 그대들은 정말 어떻게 하시나?

나는 빨간색 넥타이를 매지
누구에게나 눈에 잘 띄는 빨간 넥타이
가장 빨간색,
너무 짙다 싶은 빨간색 넥타이.

꼬리

뭐니 뭐니 해도
세상에서 제일 어려운 일 중 하나는
꼬리를 감추는 일
일을 다 끝내고서도 맨 나중
드러난 꼬리 때문에
일을 망치는 경우 허다하지
이미 한세상 다 꿰뚫은 구미호도
꼬리가 너무 많아 세상에 들통이 나고선
저 구미호가 말이야 하고
손가락질을 당하곤 하지 그래서
뭐니 뭐니 해도
제일 신경 써야 할 것은
제 꼬리를 감쪽같이 감추는 일
제때 꼬리를 감추지 못하면 늘
뒤늦게 꼬리가 밟히고
저 나쁜 꼬리가 말이야 하고
손가락질을 당하곤 하지 그래서
한세상을 다 살았다 해도
제일 중요한 일은 꼬리를 감추는 일
언제나 꼬리는 제 그림자처럼 따라붙어

정말 떼어 내기가 너무 어려워
우리가 한결같이 신경을 써야 할 것은
제 꼬리를 잘 감추는 일
뭐니 뭐니 해도 뒤탈은 늘
그림자처럼 따라붙는 저 꼬리 때문.

고추무릅

쌀을 씻어 밥을 안치고 난 그다음
밑반찬을 걱정한다면 당신은
소설을 쓸 게 분명하고

밥주걱을 씻어 밥을 담을 그릇을 챙긴다면
당신은 분명 수필을 쓸 것이다

나는 쌀을 씻어 밥을 안치고
모든 것을 잊고 책상머리에 앉는다
다음은 생각하지 않는다

사람들은 늘 내게 말했다
"어린 게 뭘 알아"

나는 이 말을 40년 전에도 들었다

고추는 매워야 제맛이지만
때로는 달짝한 입가심이어도 좋다
나는 쌀을 씻어 밥을 안치고
모든 것을 잊고 책상머리에 앉는다

바닷물 1리터엔 소금이 35그램
내 피는 꼭 그만큼 짜다
당신은 어떤가?
쌀을 씻어 안치고 난 그다음.

폐(閉)

一

돌아갈 길을 아주 끊어 버리고
면산에 들어간 옛 주나라의 개자추 선생이나
함안 산인 모곡에 터를 잡고
팔천여 평의 땅에 담장을 둘러
세상을 등진 모은 이오 선생이나
스스로 실을 뽑아 자신을 가두고
고치가 되어 버린 누에는
다 자신을 유폐한 은둔자
나도 이 은둔자들처럼 산누에고치가 되어
이천여 미터의 명주실로 나를 감아
세상에 등을 지고 싶네
돌아갈 길을 끊어 버리고
이미 한번 돌아선 길은 다시 못 올 길
돌아올 길을 아주 끊어 버리고
나 자신을 유폐한 은둔자 되어
세상에 등을 지고 싶네
무엇을 기른다거나 키운다는 건 다 허사
겨울에도 잎 푸르고 열매 붉은
성죽이란 다른 이름의
남천이나 곁에 두고

문 닫고 입 닫고 길을 막아
산누에고치가 되어
돌아갈 길을 아주 끊어 버리고
세상을 향한 문을 닫고 싶네.

멱살

무릎이 아파 다리를 절룩거리다 보니
세상에나!
길 가다 만나는 사람마다
다리를 저는 사람만 눈에 들어온다
저 사람도 나처럼 무릎이 아픈가?
무릎에 멱살을 잡힌 겐가?
멱살이란 남에게 모욕을 당하기 위해 있는
목 밑의 살 혹은 옷섶이라고 어떤 시인이 설파하셨는데
무릎이 아파 다리를 절룩거리다 보니
세상에나!
나는 무릎에 단단히 멱살이 잡힌 모양이다
멱살은 목 밑의 살 혹은 옷섶이라는데도
내 멱살은 무릎 근처에도 있었나 보다
절뚝절뚝 걷다 보니
길 가다 만나는 사람마다 길과 드잡이하는
저는 다리만 자꾸 눈에 들어온다
내 눈도 저 무릎에
단단히 멱살이 잡힌 모양이다.

제4부

흰독말풀꽃

쨍쨍이 쨍쨍이 저 햇살 잡아라
누가 나에게 선물한 화분의
흰독말풀꽃은 독초인데
하얀 나팔꽃이 핀다
쨍쨍이 쨍쨍이 빛나기 전에는
아름답기 백합보다 더 환한데
꽃은 꼭 밤에만 피었다가 아침에는 진다
이는 악마의 나팔꽃이라고도 불리는데
다른 말로 마하만다라화(摩訶曼陀羅華)라고도 한다는데
흐린 달빛 아래 단 하룻밤만 피었다가 진다
꽃이 피었다고 소문이 날 즈음이면 벌써 지고 없다
사랑이란 늘 눈물이 가득 담긴 커다란 눈망울
흰독말풀꽃은 꼭 우리들의 첫사랑 같아서
꼭 밤에만 핀다, 참 지독하다.

뾰쪽뾰쪽

온 산에 새잎이 피라미처럼
간지럼의 싹으로 뾰쪽뾰쪽
저 햇살의 투망
저 햇빛의 투망
그물에 걸려드는 것이 그저
물고기만은 아니라서
나도 온몸이 간지러워 새싹처럼 초록초록 한데
천년의 적막을 가슴에 품고 있는 바위는
저 햇살에도 무념(無念)
저 햇빛에도 무상(無常)
그물에 걸려드는 것은 그저
물고기 비늘만이 아니라서
그림자가 없는 고요가 한 아름
물오른 나무의 평화가 또 아름
저 햇살의 투망
저 햇빛의 투망
저 그물에 한가득 담겨 오는 것이
그저 물비린내만이 아니라서
온 들판에 새싹들이 버들치처럼
간지럼으로 입이 뾰쪽뾰쪽.

단풍

한때 푸르러도 봤고 한때 붉어도 봤다면 그만 아니냐?

뭘 더 바라

너도 알지?
한평생 푸르지도 못하고 붉어 보지도 못한 일생이
널리고 널린 게 이 세상인걸

한때 푸르러도 봤고 한때 붉어도 봤다면 그게 다 아니냐?

이제 잎이 진들, 겨울이 온들
뭘 더 바라

한평생 푸르지도 못하고 붉어 보지도 못한 일생이
널리고 널린 게 이 세상인걸

한때 푸르러도 봤고 한때 붉어도 봤다면 그만 아니냐?

마음의 장례

지금 나는 내 마음의 무인도에 와 있느니
여기에는 거추장스러운 문패나
당호 따위를 걸어 둘 필요가 없지
내 마음 어정거릴 스무 남은 평
창밖에는 늘 철썩이는 파도 소리와
끼룩거리는 갈매기 소리뿐
나는 하릴없이 모래톱을 거닐며
내 발자국 파도에 지워지길 기다리면 그뿐
여기에는 그 어떤 빛나는 명함도 필요치 않아
묵언의 축대 위에 지팡이도 걸쳐 두고
오직 두 발로 백사장을 어정거리다
다리 쉴 참이면 돌아오면 그뿐
나는 지금 내 마음의 무인도에 와 있느니
찾아올 손님도 여긴 없으니
여기에는 어떤 거추장스러운 문패나
당호 따위를 걸어 둘 필요가 없지
절로 자란 들풀이며
절로 피어난 들꽃을 둘러보다
내 마음 서성거리며 돌아오면 그뿐
이곳에선 그 어떤 빛나는 문장도 필요치 않아

침묵의 댓돌 위에 신발을 가지런히 벗어 두고
가을비처럼 울며, 울지 않으며
오직 맨발로 바닷가를 어정거리다
다리 쉴 참이면 돌아오면 그뿐.

작약

매화나무 그늘 아래 작약 한 그루 심어 놓고
나는 이쯤이 좋구나, 생각했다
옛글에는 부자유친이라 말했는데도
어쩜! 네 마음에 미치지 못한 애비 될까 봐
매화 그늘 아래
나는 이쯤이 좋구나, 했다
너무 허심타 생각 말지
숨어서 몰래 훔쳐보는 이 마음 태연자약
보는 듯 보이지 않는 듯 태연자약
나는 이쯤이 정말 좋구나
옛글은 옛글대로 마음이 가고
지금 내 이 마음 이 마음대로 좋으니
매화나무 아래 작약 한 그루 심어 놓고
나는 이쯤이 좋구나, 생각했다
옛글에도 부자유친이라 말했는데도
어쩜! 네 눈에 못난 애비일까 봐
매화 그늘 아래
나는 정말 이쯤이 좋구나, 생각했다
숨어서 몰래 훔쳐보는 이 마음 태연자약
보는 듯 보이지 않는 듯 태연자약.

다시 작약

봄이 왔다고 화단에서
작약의 새순이 나왔다, 태연자약
새순이 나와서 올해는 한 촉이 더 불었다고
새순이 나와서 잎을 피워도
나는 태연자약
새 눈을 틔우지 않는 모란 얘기나 하며
나는 태연자약
키가 훌쩍 자란 작약을 앞에 두고
한 걸음 물러나서 태연자약
아마 꽃을 피워도 그러리라
한 걸음 물러나서 태연자약
무슨 억하심정이 있는 것도 아닌데
이마에 손이나 짚으며 태연자약
못 본 척 아니 본 척 태연자약
한 걸음 물러나서 태연자약.

대숲에 들어

나를 잠시 놓아두게
나는 이제 방금 대숲에 들었네
대숲에는 대숲에만 부는 바람이 있어
밥 끓는 냄새도 잠시 잊을 수도 있다네
대숲에서 멀어지면 사람은 곧 속(俗)된다네
나는 그동안 얼마나 대숲에서 멀어졌나?
나를 잠시 그냥 놓아두게
밤새 뒤척이던 꿈결에서 깨어나듯
나 이제 이 청정에 몸 뉘겠네
비운 듯 채운 듯 가득한 고요
대숲에는 대숲에만 부는 바람이 있어
내가 나를 잊고 지난 나를 잊고
오직 청정 가득한 고요
댓잎 흔드는 바람에는 차향이 짙어
오랜 산사에 든 듯 청량하다네
나를 잠시 놓아두게
나는 이제 방금 대숲에 들었네
이 세상 다 잊고 두문동에 들었던
옛 현인 마음 읽을 듯도 하네
이제 내 이 청정에 몸 뉘이면

내 어릴 적 동심으로 다시 돌아가겠네
잠들 듯 잠에서 깨어나듯
내 이제 이 청정에 몸 뉘겠네.

꽃샘

그 모든 시샘 중에서
가장 고약한 건 꽃샘
이제 막 눈뜬 꽃망울 다 언다
푸릇푸릇 보리밭도 서릿발
중늙은이도 얼어 죽는데
하마 저 어린것들이야
나를 잡자고 날을 잡았나?
아마 이렇게 생각할걸
아무리 추워도 향기를 팔지 않는다는
저 매화도 어딘지 언 볼이 심상찮은데
갓 핀 봄날이야 물어 무슨 답 있으랴
수풀 속 복수초는 복수초대로
울 밑의 개나리는 개나리대로
큰 추위는 이제 다 갔다 그랬는데
한 줌 햇살에 고개를 내밀었다 이 지경
그 모든 시샘 중에서
가장 고약한 건 꽃샘
한 뼘 햇살에 목을 내밀었다 이 지경
나를 잡자고 날을 잡았나?
아마 이렇게 생각할걸.

만약

병을 낫게 하는 것이 약이라면
만약은 만 가지 약
만병통치약
내가 만약 부자라면
내가 만약 천재라면
내가 만약 사랑에 빠졌다면
모든 일이 다 술술 잘 풀리겠지
내가 만약 가난뱅이라면
내가 만약 바보라면
내가 만약
방금 이별을 통보받았다면
어쩌지,
그때 만약
그 반대라고 생각한다면
어때, 훨씬 낫지
약이 병을 낫게 하는 것이라면
만약은 만 가지 약, 그래서
만약은 만병통치약.

나도부추

생김새만으로 뭐라 말하긴 해도
영 맘이 내키지 않아서
때로는 슬쩍 눈길을 돌릴 때가 있다
혹, 스산한 가을 등산길에서 흐느끼는 억새를 만났을 때
억새도 새라고 부르면 안 될까? 그 우는 모습을
하고 엉뚱한 생각을 하다 슬쩍
눈길을 돌릴 때처럼
나도부추도 그렇다
생김새만으로 말하긴 뭐해도
분홍의 꽃대를 올렸을 때가 사월이던가
일요일 아침 식사를 마치고
테라스에 나가 담배를 피워 물 때
저 핑크빛을 뭐라고 해야 하나?
짧은 머리칼에 꽂힌 듯한 저 핑크
머리핀을 정말 뭐라고 해야 하나?
나도, 나도 하고 너도밤나무가 손을 들듯
때로는 허튼 눈길에도 마음이 가닿아
마음의 그림자가 버선발로 달려 나가는
저 핑크빛 머리핀
정말 뭐라고 해야 하나?

후후 하하 나도부추.

하유에서의 일박

하유는 안개 같아서 어느 곳에나 있고 아무 곳에도 없다
하유 하고 낮게 부르면 한숨 소리처럼 아래로 착 깔리지만
눈을 감고 하—유— 하고 길게 웅얼거리면 흰 뭉게구름같
이 둥실 떠오르기도 한다

나는 어쩌다 길을 잘못 든 짐승같이
하유 하고 기어들었지만
본래 하유는 들고 나는 것에 대해
패랭이꽃이나 해풍같이 매임이 없다

산으로 들면 나뭇가지에 걸린 달 같고
바다에 들면 방파제 끝의 파도 같아서
부서지는 게 달빛이라면 달빛이 되고
부서지는 게 물빛이라면 물빛이 된다

떠나는 길은 북으로 남으로 열려 있지만
아무도 왜 하유의 숨소리가 첫날밤 새댁 같은지 모른다

하유는 잘못 꾼 꿈 같아서
사람들은 금방 왔다 금방 떠나갔지만, 그러나

하유는 한번 들면 영원히 떠날 수 없다

하유는 한숨 소리 같아서 늘 내 속에 들었다 불쑥 나타나고
하유는 흰 뭉게구름 같아서 잊을 만하면 뭉실뭉실 솟았다가
내가 찾아들려고 하면 안개같이 슬그머니 꼬리를 숨긴다

산으로 향하면 머리에 들어 수풀이 되고
바다로 향하면 발치에 들어 곧잘 물고기가 되어
하유, 떠났다가도 금방 다시 돌아온다.

참, 세상은 살기가 어렵다네

선택이와 필수는 둘 다 내 친군데
사람들은 꼭 곤란할 때만 찾는다네
이것인가? 저것인가? 헷갈릴 때
꼭 선택해라 하고
하기 싫은 일은 꼭 필수다 하고
사람들은 꼭 곤란할 때만
필수와 선택이를 번갈아 찾는다네
선택이와 필수는 둘 다 내 친구이지만
서로 노는 성향이 달라서
짜장면과 짬뽕 같기도 하고
쭈쭈바와 붕어빵 같기도 하다네
어떤 날은 짜장면은 필수다 하고
어떤 날은 짜장과 짬뽕 중 선택해라 하고
사람들은 꼭 입장 곤란할 때만 찾는다네
이것인가? 저것인가? 헷갈릴 때
선택해라 하고
잠시 머뭇거리면 필수다 하고
필수가 어려울 땐 필수를 찾고
선택이가 어려울 땐 선택이를 찾는다네
선택이와 필수는 둘 다 내 친군데

이건 선택이 아니고 필수야 한다든지
이건 필수가 아니고 선택이야 한다든지
나도 이것이 맞는가?
저것이 맞는가?
늘 헷갈린다네, 짜장면과 짬뽕같이
붕어빵과 쭈쭈바같이.

눈 휘둥그레 할 당(瞠)

고향집 뒷산을 오른 건 꼭 삼십 년 만

온갖 나무들이 무성한데
그런데
꼭 있어야 할 나무 한 그루가 보이지 않는다
이럴 수가, 내가 너무 무심했나?
기억 하나가 그만 사라져 버렸다

늘 한결같이
마을을 내려다보던 나무
고향 마을 들입의 향교 고갯마루를
할아버지처럼 꼿꼿이
지켜보던 나무

한 그루의 기억이 사라졌다

온갖 나무들이 더 무성해졌는데
그런데
꼭 있어야 할 나무 한 그루가
보이지 않는다

할아버지의 헛기침이 계시지 않아

헛헛해진 사랑채 같은

고향집 뒷산

그만 기둥 하나가 사라져 버렸다.

검은 귀

그때는 그랬다
오이도(烏耳島), 연례 사격훈련을 가면
해변에서 바다 쪽으로 보면 바위섬이 두 개
한 놈은 좀 크고 또 한 놈은 좀 작아 꼭 형제 같았는데
팔을 쭉 펴 재 보면 한 두어 뼘쯤 떨어졌던가?
나란히 서 있는 바위섬 위로
슬립을 단 모형 비행기가 날아오르면
대공화포로 수천 발 표적을 맞히다가
저녁이면 희희낙락 횟집엘 갔다

그때는 그랬다
오이도, 소대장과 선임하사가
나란히 털보횟집으로 가고 나면
고참 사수 몇 명은 어깨동무를 하고
안 털보횟집으로 가곤 했는데
털보횟집 주인장은 정말 털보였고
안 털보횟집 주인장은 정말 안 털보였던가?
지금도 있을까 몰라 그 횟집들
마주 보고 앉아 희희낙락

제대를 하곤 단 한 번도 발길을 하지 않은
그때 그 섬 오이도
그때는 정말 그랬지!
가끔 생각나는 검은 귀.

김치를 사는 남자

네, 하면 될 일
아래위를 한번 훑고
그만 담을까 하다 한 움큼 더
왠지 홀서방 같아서
더 필요한 것 없어요? 하다 말고
깍두기도 두어 점 더 담고
자 여기 내밀며
다시 한번 위아래를 훑고
오천 원이에요
지갑에서 돈을 치르고 나오는데도
뒤꼭지가 이상하게 뜨뜻한
김치 오천 원어치
빌어먹을,
자 '김치' 해 보세요
찰깍, 하고 싶은
저 심정을 누가 아나.

군북(君北)

산과 산이 겹쳐 군복(君復)이었던 군북(君北)

이제는 북녘을 향해 군인이 들어와

하마 군북(軍北)이 되었다

작은 간이역이 있던 곳

내 젊은 시절 잠시 들렀다가

장차 내가 세상을 등지면 은둔하리라

마음에 점, 찍어 두었던 곳

산과 산이 겹쳐 첩첩

싸리문을 나서도 도라지 향이 풍기고

대문 앞, 개여울에도 복숭아 꽃잎이 흐르던 곳

잠시 다리쉼을 해도 한세상 잊고

잠시 발만 씻어도 세상과 다 멀어지던 곳

장차 내가 세상을 등지면 은둔하리라

마음에 점, 찍어 두었던 곳

이제는 북녘을 향해 군인이 들어와

하마 군북(軍北)이 되었다

이제 나 어디로 갈까?

북으로 돌아앉아 군북(君北).

묵호(墨湖)

대개는 대게 잡으러 간다는
선착장에는 배들이 많다
대게 그 붉고 길죽길죽한 다리를
그물로 건져 올린다는데
그 그물에는
가끔 간재미도 올라오고
도루묵도 심심찮게 잡힌단다
묵이었다가 은어였다가 도루묵이 된
말짱 도루묵, 묵호는
여기저기 도루묵 굽는 냄새가 길을 막고
도루묵이 저렇게 많아서 묵혼가?
길을 멈춘 발걸음들이 서성서성
선착장에는 배들이 참 많은데
대개는 대게 잡으러 간다는데
문어들이 흡반들로 달라붙는 활어장을 지나면
길에는 여기저기 도루묵
온통 도루묵 굽는 냄새가 길을 막고
물이 깊어 검은 바다, 그래서 묵혼가?
느릿느릿 시간의 침묵, 그래서 묵혼가?
나는 혼자 중얼거리고

가던 걸음도 문득문득 멈추고.

수행과 정진으로 쌓아 올린 융합의 세계

이숭원(문학평론가)

조선 중기의 수묵화가 탄은(灘隱) 이정(李霆, 1554-1626)의 풍죽도(風竹圖)가 유명하다. 성선경 시인의 시 「풍죽」은 간송 미술전에서 본 이 그림의 영향을 받았을 것이다. 수묵화는 바람을 표현할 수 없는데, 이정의 풍죽도는 분명 바람을 안고 있다. 정지된 수묵화에 바람이 부는 상태를 표현하기 위해 이정은 바람에 휘어지는 댓줄기와 한쪽으로 쏠린 댓잎의 모습을 그려 넣었다. 이정의 우죽도(雨竹圖)도 유명한데, 이 그림에도 빗줄기는 나오지 않고 비를 맞아 아래로 늘어진 댓잎만 그려서 비의 형상을 표현했다.

이정의 풍죽도가 특히 유명한 것은 바람에 흔들리는 대나무의 모습을 표현하기 위해 농담의 층을 달리하여 여러 개의 대나무를 그려 입체감을 살렸기 때문이다. 전면에 바람을 직접 맞는 대나무를 배치하고 후면에 희미하게 세 그루의 대나무를 배치하여 크고 작은 대나무들이 바람에 흔들리면서도 자기 모습을 유지하는 정경을 그려 냈다. 이 풍죽의 형상은 세월의 시련에 맞서는 선비의 절조를 상징한다. 수묵이 환기하는 고도의 상징성이 이 그림을 명작으로 남게 했고 많은 문사의 찬사를 받게 했다.

성선경은 시집 앞에 넣은 「시인의 말」에서 ‘풍죽’에 관한 자기 생각을 분명히 드러냈다. 그 첫머리에 “세속에서 말하기를”이라는 말이 나온다. ‘세속’이라는 말은 이 말을 쓰는 화자가 세속과 거리를 두고 있음을 뚜렷이 드러낸다. 속된 세상과 거리를 두고 선비의 고고한 마음을 지키고 싶은 것이다. 고고한 마음을 지키기 위해 풍죽도의 상징이 필요하고 거기서 빚어지는 시의 순수함과 언어의 정결함이 필요하다. 어느새 세월이 흘러 머리가 눈처럼 희게 변한 모습을 보며 풍죽의 순결한 세계로부터 멀리 떨어진 것이 아닌가 자문한다. “바람이 일렁이는 댓잎 소리와/내 얼마나 멀어져 왔나?”라는 자의식은 단순한 레토릭이 아니다. 그의 진심에서 우러난 불안감의 표명이다. “세상이 아득하다”라는 탄식은 그의 불안한 균형 감각을 드러낸다. 순수에의 지향은 있으나 자신이 순수의 세계에 제대로 머물고 있는지 불안한 것이다.

이 불안한 거리감을 메워 주는 존재가 풍죽이다. 풍죽은 바람에 흔들리면서도 바람을 견디고 바람을 이겨 낸다. 이 정의 풍죽도는 선비의 청정한 정신을 일깨우는 상징이 된다. 일상생활을 하며 세속의 바람에 흔들려도 자신의 본모습을 지켜야 풍죽을 감상하고 시를 쓴 보람이 있다. 풍죽과 시가 내면의 정결을 유지하는 청신한 수맥이 되어야 세상

을 사는 보람이 있다. 시와 삶과 자연의 정연한 일치를 시인
은 꿈꾼다.

사람살이로 말하자면

어려움을 당해서야 그 마음의 품새가 드러나듯

늘 푸른 대나무도 바람을 맞아야

제멋이다 몇 해 전

서울 동대문 프라자에서 간송전을 보다가

풍죽(風竹) 복사본을 한 점 구해다 놓고

한참을 잊고 지내다 새삼

액자를 하여 거실 벽에다 걸어 놓았다

마음 어지러운 어느 날

가만히 바라보니 내 마음이 다 환해진다

대숲에 든 듯 새소리

댓잎 부딪는 소리 들린다

역시 푸른 대나무도 바람을 맞아야

어려움 이겨 낸 옛 어른 풍모 보여 준다

여린 가지와 흐린 묵향 속에서

어디 저런 기품이 숨어 있었나?

새삼 찬찬히 들여다보게 한다

대숲에 든 듯

세속을 벗어난 듯

내가 잔잔히.

―「풍죽 1」 전문

풍죽에서 가르침과 깨우침을 얻어 청정한 삶의 토양으로 삼으려는 자세가 뚜렷하다. 풍죽 그림에 몰입하니 실제로 대숲에 든 듯 새소리가 들리고 댓잎 부딪는 소리도 들린다. 시를 쓰는 시인이니 이런 상상이 과장이 아닐 것이다. 바람에 기울어진 댓잎, 바람을 견디는 대나무를 보았으니 이런 감동이 왔을 것이다. 그림의 시각적 형상은 강한 상징성을 전파한다. 자신의 내부에 동요하는 불안한 현실감을 달래주는 상징이 풍죽이다. 댓잎에 부는 바람이 있어야 풍죽이요 바람을 견뎌야 살아 있는 상징이 된다. 세속의 오탁(汚濁)에 맞서 순수함을 유지해야 풍죽과 내가 하나가 된다. 거실 벽에 걸린 풍죽도가 의미 있는 것이 아니라, 내 마음이 순수의 영역을 지켜야 그림이 의미가 있다. 세속의 바람이 불어도 순수의 뜨락을 지킬 수 있는 내면의 힘이 있어야 상징이 제구실을 한다. 그 힘을 유지하려면 육체의 근력을 기르듯이 정신의 근력을 키워야 한다. 어떻게 그 근력을 기르는가?

글을 쓴다는 것은 시간의 한계를 넘어서려 한다는 점에서 일상의 자리에서 영원한 진리를 추구하는 수행의 과정과도 같다. 그런 수행과 실천을 통해 글 쓰는 사람도 자기 내면을 조금씩 충실히 다듬어 간다. 불교에서는 세상에 고정된 실체는 없고 끝없이 변하는 현상만 있다고 말한다. 그림자에 매달려 헛된 망상에 빠지지 말고 현상을 똑바로 보라고 말한다. 이 그림자 같은 세상은 무질서하게 조합된 것이 아니라 인과(因果) 연기(緣起)에 의해 한 치의 착오도 없이 엄정하게 연결되어 있다고 한다. 이 생각은 무척 매력적이다. 세상은 그림자나 이미지의 연속인데, 한 치의 예외가 없이 인과 연기의 원리로 이어진다는 사실! 그러니 세상을 잘 살아가려면 최선을 다해 좋은 인연을 맺으려고 노력해야 한다. 좋은 인연을 맺으면 좋은 세상이 펼쳐지고, 나쁜 인연을 맺으면 나쁜 세상이 전개된다. 우리는 순간순간 명멸하는 현상에 집착하지 않으면서 자신이 생각하는 선한 세계를 향해 전진해야 한다. 이것은 어려운 일이지만 노력하면 할 수 있는 일이다. 그러기 위해서는 마음의 근력을 길러야 한다. 예컨대 풍죽도 같은 그림에 자극을 받아 마음의 지향을 유지하면서 세상의 먼지를 털어 내야 한다.

세속과 거리를 두고 순수함을 유지하고자 할 때 먼저 고려해야 할 것은 세상의 일반적 기준과 거리를 두는 일이다. 통속을 거부하고 세상의 기준을 재고해 볼 필요가 있다. 기계적으로 진행되는 세속의 논리가 우리 의식을 마비시켜 통속에 젖어 들게 할 수 있기 때문이다.

나는 지금 새에 대해 이야기하자는 게 아니다
나는 지금 꽃에 대해 이야기하자는 게 아니다
나는 지금 생각 너머에 가 있다

나는 지금 둥지를 만들지 않는 새를 이야기하는 것이다
나는 지금 향기를 품지 않은 꽃에 대해 이야기하는 것이다

여름은 늘 너무 덥고

겨울은 너무 춥다
나는 지금 생각 그 너머에 가 있다

둥지가 없는 새는 알을 품지 않는다
향기를 품지 않은 꽃은 오래 시든다

봄이라고 늘 화창하지도 않고
가을이라 늘 청명하지도 않다

나는 지금 새에 대해 이야기하고 있다
나는 지금 꽃에 대해 이야기하고 있다
한 번도 울지 않는 새가 있었다
한 번도 향기를 품지 않은 꽃이 있었다

그때 너는 어디에 가 있었나?

나는 지금 울음 그 너머에 가 있다
나는 지금 향기 그 너머에 가 있다.

—「울지 않는 새」 전문

성선경의 이 시는 세속의 기준을 거부하는 암묵의 진실을
드러내고 있어서 이채롭다. "울지 않는 새"란 무엇인가? 세
속의 흐름을 거부하는 존재다. 새는 마땅히 날아야 하고 울
어야 한다는 것이 세속의 논리다. 꽃은 향기롭게 피어난다

는 것이 일상의 기준이다. 그러나 이러한 일상의 흐름에 등을 돌리고 그 너머의 진실에 관해 탐구할 때 통속의 관성에서 벗어날 수 있다. 시인은 일반적인 새에 대한 이야기, 꽃에 대한 이야기에서 벗어나야 한다. 시인의 눈으로 꽃과 새를 새롭게 보고 자신만의 꽃과 새를 새롭게 드러낼 때 순수로 가는 길이 열린다. 울지 않는 새, 향기 없는 꽃에 대해 생각하면서 새와 꽃의 존재론적 실상을 포착해야 한다. 일반적 통속의 사유를 넘어서서 나만의 존재성에 착안할 때 진정한 순수의 길이 열린다.

"둥지를 만들지 않는 새", "향기를 품지 않은 꽃"을 생각할 때 또 하나의 실재가 열린다. '생각 너머의 생각'에 도달해야 자신만의 고유한 사유가 싹트고 순수한 창의의 길이 열린다. 사계절의 무의미한 순환에서 벗어나 화창하지 않은 봄, 청명하지 않은 가을을 발견해야 한다. "한 번도 울지 않는 새", "한 번도 향기를 품지 않은 꽃"을 명상하여 그 절대의 비순수, 비현실을 발견할 때 진정한 순수, 실재의 영역이 확보된다. '아담아, 너는 어디에 있었더냐?' '카인아, 너는 어디에 있느냐?' 이런 절대자의 물음 앞에 "나는 지금 울음 그 너머에 가 있다", "나는 지금 향기 그 너머에 가 있다"라고 대답할 때 순수의 길이 열린다. 그 경지에 이르기 위해서는 참담하고 고단한 수행의 과정이 필요하다. 마음의 근육을 키우는 일이 필요하다.

이러한 순수의 결의를 떠올리며 자신의 삶을 돌이켜 보면 자기 삶이 수행에 철저하지 못했음을 반성하게 된다. 진지

한 자기반성이 있어야 정직한 성찰의 길이 열린다. 그럴 때 올바른 수행의 자리가 마련된다. 그러한 자기반성의 내력을 솔직하게 드러낸 시가 「웅크린 자세」다. 이 시에서 시인은 자신의 자세가 어떠했던가를 들려준다. 예기치 않은 위협에 대처하여 가급적 무게중심을 낮추고 자기 보호의 방어 자세를 취하고 살아왔음을 고백했다. "서 있지만 서 있는 것도 아니고/엎드렸지만 엎드린 것만도 아닌" 어중간한 태도로 방어의 형세를 취해 온 것이다. 이런 자세로는 세속의 교묘한 유혹에 맞서지 못한다. 허점을 보이지 않으려는 방어 자세는 현재의 위상을 지키는 데는 도움이 되지만 한계를 벗어나서 순수의 지대로 도약하는 힘은 키우지 못한다. 그것은 무력한 현실 보존의 자세다.

"가장 완전한 방어 자세"로 허점과 초조와 불안을 감추고 어정쩡하게 버텨 온 자신의 한평생을 시인은 "백두의 자작나무"라고 평했다. 이 말에는 이중의 의미가 중첩되어 있다. 자작나무의 흰빛과 백두의 흰빛은 자신이 나이 들었음을 나타내는 동시에 백색의 색감은 순수의 영역을 어느 정도 지켰다는 자기 위안의 음영을 드러낸다. 반성은 반성이되 위안과 연민이 착색된 반성이다. 현실에서 완전히 벗어나기 어려운 생활인의 고백으로 이해할 수 있다. 풍죽의 순결성을 순수의 축으로 삼은 사유와는 상당한 거리감이 있다. 「시인의 말」에서 떠올린 '불안한 균형 감각'이 다시 한번 연상되는 지점이다.

여기에 비해 「곡부」, 「다시 곡부」, 「풍죽 1」, 「풍죽 2」 등의 시편은 공자의 사당이라든가 풍죽의 형상 같은 외부의 자극을 통해 순수의 시정신을 재확인하고 자신을 반성하며 마음을 다잡는 내용으로 되어 있다. 생활인의 서정에서 시인의 다짐으로 전환하는 도약의 시편들이다. 두 지향이 교차하는 갈등의 지점을 시인은 꾸밈없이 진솔하게 드러냈다. 이러한 번민과 망설임의 과정에서 시인에게 번져 간 마음의 기류를 검토하는 일은 흥미롭다. 시인은 자연을 통해 자신의 마음이 나아갈 길을 찾는데, 그 단서가 「봄날의 맑은 과녁」 연작 세 편에 투영되어 있다. 단서의 키워드는 '빚졌다는 의식'이다.

나는 당신에게 빚졌습니다 아무 짓도 하지 않으면서 한나절을 보냈습니다 꽃이 그냥 피었겠습니까? 나의 빚은 한나절의 햇빛만으로도 자랍니다 나비가 오지 않아도 피는 꽃처럼 빚은 빚으로 남습니다 나는 당신에게 빚을 졌습니다 그것만으로도 온 봄날이 다 화창합니다 봄날은 화창한 만큼 더 큰 외로움이 펄럭입니다 아무 짓도 하지 않았는데도 꽃은 피었고 나비는 오지 않았습니다 나는 당신에게 빚을 졌습니다 빚은 점점 더 큰 빚을 낳겠지요 햇빛은 전자저울보다 더 정확하게 시간의 무게를 재고 있습니다 그림자는 해를 피해 자꾸 도망을 칩니다 전자저울에서 나의 시간은 얼마나 무겁습니까? 나는 당신에게서 그림자처럼 자꾸 달아나려고 합니다 나에게는 얼마만큼의 시간이 쌓여 있을까요? 나는 아무 짓도 하지 않으면서 한나절을 다 보냈습니다 당신의 빚으로 너무 환해서 눈이 부

십니다 나비가 오지 않아도 피는 꽃처럼 빚은 빛으로 환합니
다 나는 당신에게 빚을 졌습니다 그것만의 무게로도 온 봄날
이 다 화창합니다 꽃처럼 화창합니다.

—「봄날의 맑은 과녁 1」 전문

아무 일도 하지 않았는데 봄이 오고 꽃이 피고 햇살이 화
창하다. 이 축복은 어디서 오는가? 이 무사안일의 시간은 어
디서 오는가? '당신'에게 빚을 졌기에 온 것이다. '당신'은
일차적으로 자연일 텐데 자연 이외의 어느 것도 '당신'일 수
있다. 천지 만물, 세상만사에 빚을 졌기에 화창한 봄이 오는
것이다. 이 의식이 있어야 화창한 햇살의 아름다움을 견딜
수 있고 '나'의 외로움을 견딜 수 있다. 막연한 외로움은 빚
을 졌다는 의식이 투철하지 않기에 오는 것이다. 그래서 빚
을 졌다는 의식이 중요하고, 빚이 더 큰 빚을 낳는다는 사실
은 더 중요하다. 봄날의 화창함은 빛의 중첩으로 이루어진
화려한 빚잔치다. 연속된 두 편의 시는 이 인식의 점진적 확
대다.「봄날의 맑은 과녁 2」에 나오는 "빚은 빛으로도 읽힙
니다"는 중요한 어구다. 봄날의 화창함이 안겨 준 부채 의
식은 봄날의 광명으로 변이된다. 빚과 빛의 대응은 이 세 편
시의 핵심 메타포다.

빚은 더 큰 빛으로 번지고, '당신'에게 이미 빚진 상태인
데 또 다른 빛을 낳고, 빚진 마음은 빚진 마음으로 이어진
다. 온몸에 젖어 드는 자연의 심미적 경관은 날카로운 감각
으로 시인의 감성을 자극한다. 그 심미적 자극이 무념무상

의 도가적 달관으로 상승한다는 데 성선경 시의 묘미가 있다. 자연에 빚졌다는 의식이 도가적 수련의 표상으로 전화되는 것이다. 그의 시에서는 자연의 심미성과 자연의 정신성이 등가를 이룬다.

온 산에 새잎이 피라미처럼

간지럼의 싹으로 뾰쪽뾰쪽

저 햇살의 투망

저 햇빛의 투망

그물에 걸려드는 것이 그저

물고기만은 아니라서

나도 온몸이 간지러워 새싹처럼 초록초록 한데

천년의 적막을 가슴에 품고 있는 바위는

저 햇살에도 무념(無念)

저 햇빛에도 무상(無常)

그물에 걸려드는 것은 그저

물고기 비늘만이 아니라서

그림자가 없는 고요가 한 아름

물오른 나무의 평화가 또 아름

저 햇살의 투망

저 햇빛의 투망

저 그물에 한가득 담겨 오는 것이

그저 물비린내만이 아니라서

온 들판에 새싹들이 버들치처럼

간지럼으로 입이 뾰쪽뾰쪽.

—「뾰쪽뾰쪽」 전문

발음도 어려운 "뾰쪽뾰쪽"이라는 시어에 이 시의 긴장이 있고 감성의 풍미가 있다. 자연에 빚졌다는 의식이 투철할 때 자연 만물이 '내' 감각의 표피를 "뾰쪽뾰쪽" 자극한다. 외로움에 주저앉을 이유가 없다. 온 산에 돋아나는 새잎의 날카로움이 '나'를 자극하고, 얼음물 아래 돌기 시작하는 피라미의 뾰쪽한 주둥이도 마찬가지다. 산천을 비추는 햇살도 화살처럼 "뾰쪽뾰쪽"하다. 이렇게 날카롭게 요동치는 봄날의 변화에도 바위는 천년의 적막을 품고 무념무상의 상태다. 자연에 빚진 시인은 천지의 섬세한 변화에 예민하게 반응하면서도 한편으로는 바위의 의연함을 본받고 싶다. 햇살의 그물은 투명하고 유연해서 물고기나 새잎만 건져 올리는 것이 아니라 고요와 평화도 담아 올린다. 감각과 정신이 융합된 봄날의 향연을 한편으로는 고도의 감각으로, 또 한편으로는 고압의 정신으로 시인의 혈맥에 쏟아 넣는다.

시인은 이 자연으로부터 유연함이라는 소중한 지혜를 받아들인다. 「하회에서」라는 시에서, 풍죽의 의연함이나 바위의 무념무상, 나무의 묵언수행을 본받으려는 자세에서 눈을 돌려 하회(河回)의 둥글게 우회하는 강물의 흐름에서 삶의 유연성에 대한 교훈을 얻는다. 한평생 어떻게 바늘처럼 꼿꼿하게만 살겠냐고 반문하며 너무 모질게 살지 말고 저 하회의 강줄기처럼 휘어청 둥글게 돌아서 살아 보자고 마음을

달랜다. "여백이란 보여 주지 않은 또 다른 풍경"을 마음에
끌어들여, 헐떡이는 생의 충동을 가라앉히고, "방풍림 앞에
다 한숨처럼/한 다발의 모래밭을 토해 놓고" 둥글게 돌아가
는 몸짓을 보일 필요가 있다고 노래한다. 세상의 각박한 다
툼에서 한발 물러서서 마음의 여유를 갖는 데에도 정신의
근력이 필요하다. 마음의 수행이 없으면 둥글게 돌아가는
삶의 자세를 취할 수가 없다. 풍죽처럼 내면의 순수성을 유
지하겠다는 자세와 하회처럼 둥글게 돌아가는 유연함을 갖
겠다는 의식은 정신의 차원에서 등질적이다.

　이렇게 마음의 여유를 갖자 「달의 계곡」에서는 세상의 불
행을 이해하는 마음의 넓이도 갖게 된다. 밝은 달의 뒷면에
어두운 계곡이 있는 것처럼 삶의 이면에는 어두운 그늘이
있다. 갑자기 닥치는 불행이나 배반에 마음을 상하게 되지
만, 그런 일을 겪지 않은 사람은 거의 없다. 사람은 이런 일
에 상처를 입지만 생의 이면을 이해하게 되면 마음의 짐이
훨씬 가벼워진다. 그래서 하회의 강물처럼 한숨의 모래밭을
토해 놓고 둥글게 돌아가는 방법을 터득하게 된다. 여유와
우회와 이해의 영역을 조금씩 넓히면 시간에 얽매이지 않
고 정신의 자유를 누릴 수 있는 초월의 시선을 갖게 된다.

　저렇게 꽃 피는 일이 천 년이라면
　나는 아직 젊다

　나란히 누워 하늘만 바라보며 또 천 년이라니

이제 마당 어귀에 꽃밭도 일구고
채송화나 봉선화를 심어도 좋겠다

어디 백반이나 구해 와
손톱에 꽃물 들이며
한 백 년 호호거려도 좋겠다

너 닮고 나 닮은 아이들을 낳아
장난기 가득한 돌탑이들 일흔 개나 여든 개 세워 놓고서

나란히 팔베개를 하고 별자리나 찾으며 한 계절을 넘기면
또 어때

한 번 꽃 피는 일이 이렇게 천 년이라면
나는 아직 젊다.

―「운주사 와불 앞에서」 전문

　운주사 와불은 미래의 어느 날 미륵불이 하생할 때까지 무량한 시간을 누워 기다린다고 한다. 와불이 보내는 천년의 시간에 비하면 시인의 연치 65세나 시력 40년은 우스운 것이다. 시를 쓴다는 것, 언어로 작품을 남긴다는 사실은 육신의 한계를 넘어서서 영원의 성전에 정신의 음각을 새기는 일이다. 어찌 채송화, 봉선화를 기르고 백 년 호호거리

는 일에 비기겠는가. 영육의 한계를 넘어서서 영원을 꿈꾸는 일이 문학이고 예술이다. 탄은 이정의 풍죽도나 우죽도도 보존만 잘하면 천 년 이상 갈 것이다. 조선조의 묵죽화가 이정은 붓을 들어 화폭에 영원의 표상을 그렸다. 성선경 시인 역시 언어의 붓을 들어 영원의 표상을 종이에 새겼다. 그러니 80, 90이 되어도 시인은 늘 청춘이요 신인이다. 지나온 날은 보이지 않고 나아갈 날만 보일 것이니 시인은 운주사 와불을 넘어서는 초월의 시간을 누린다. 이 모든 것이 자연에 빚지고 자연에서 교훈을 얻고 자연과 하나가 되어 얻은 수행의 결과다. 통속을 거부하고 세상의 기준을 위배하며 순수를 지향했기에 얻게 된 결실이다.

이러한 문학적 특성과 함께 성선경 시인의 중요한 시적 성과로 지목하고 싶은 것이 경쾌한 리듬 실험의 요체다. 시집 제1부의 「씨암탉과의 시월 산책」에서 출발하여 제3부의 「리듬」 등의 산문시편에 담긴 약동하는 음악적 리듬과 제4부의 「작약」, 「다시 작약」, 「만약」, 「하유에서의 일박」, 「묵호」로 이어지는 언어유희의 흥겨움은 성선경 시가 우리에게 선사하는 또 하나의 절경이다. 「리듬」이라는 독자적인 제목을 가진 다음 시는 성선경이 추구하는 시의 리듬이 어떠한 자유의 물결인가를 도도하게 펼쳐 낸다.

어떤 음표들은 재주를 넘고 어떤 음표들은 껑충 뛰고 또 다른 음표는 구르고 빙 돌고 훌쩍 뛰어올라 척 걸터앉고 살판났다 서로 어깨를 걸고 우르르 빙빙 돌다 옆으로 삐딱하게 척 걸

터앉고 훌쩍 뛰었다 다시 껑충 우뚝 솟았다가 착 가라앉았다
가 큰 소리 작은 소리 높은 소리 낮은 소리 어떤 음표들은 음
표 위에 올라타고 또 다른 음표들은 껑충 뛰고 재주를 넘고 구
르다 빙 돌고 머리를 휘휘 돌리고 제자리서 훌쩍 재주를 넘고
서로 어깨를 걸고 우르르 빙빙 돌다 척 걸터앉고 훌쩍 뛰었다
다시 껑충 우뚝 솟았다가 착 가라앉았다가 음표 위에 음표가
올라타고 우르르 빙빙 돌다 다시 껑충 큰 소리 작은 소리 높은
소리 낮은 소리 아주 요란한 그림 아주 살판났다 재주를 넘다
껑충 뛰고 빙빙 돌고 쉼표 하나 없이 훌쩍 뛰었다 다시 껑충.

ー「리듬」 전문

　여기 사용된 '음표'라는 말은 모두 '언어'로 대치하여 읽
을 수 있다. 이 시를 낭독하면 시어들이 전부 들고일어나 재
주를 넘고 껑충 뛰고 구르고 돌고 훌쩍 뛰어올라 척 걸터앉
아 뻐기는 모습이 눈에 그려진다. 언어의 형상이 입체화되
어 군무(群舞)를 추는 듯한 복합적 화면을 구성한다. 솟고 가
라앉는 소리의 높낮이는 시어가 불러내는 도약의 환영으로
이어진다. 성선경의 리듬은 언어의 사물놀이, 프리스타일
힙합댄스, 케데헌 군무를 연상시킨다. 선비의 풍모로 풍죽
과 하회와 대숲을 노래하는 성선경 시의 내면에 이처럼 천
지를 뒤흔드는 자유로운 군무의 리듬 의식이 약동하고 있
다는 사실은 놀라운 일이다. 이 지점을 알아야 성선경 시의
진경을 친견했다 말할 수 있을 것이다.
　이러한 리듬 의식은 대부분의 시에 문맥 깊이 내면화되어

있어서 감지하기 어렵고 특별한 경우에만 모습을 드러낸다. 성선경 시의 전면은 대부분 선비적 순수 지향으로 채색되어 있다. 그런데 표면적으로 비장하고 근엄해 보이는 성선경 시의 내면에 잠재된 자유로운 리듬 지향, 언어유희의 유연성이 순수 지향 시편의 엄숙성을 조절하여 화사한 시의 윤기를 지펴 내게 한다. 이를 통해 그의 시의 엄숙과 여유가 균형을 취하게 된다. 「시인의 말」에 암시된 '불안한 균형 감각'은 이러한 시적 방법으로 극복의 동력을 얻는다. 진지함과 리듬감과 유희 의식이 상호 충돌하면서 자율적인 조정 작용을 거치면서 풍죽의 선비 정신도 살고 하회의 유연한 삶의 태도도 수용하고 시간을 초월하는 여유도 얻는 융화의 지평에 이르렀다. 이로써 성선경의 독보적인 자리가 확보된 셈인데, 이것 또한 마음의 근력을 기르는 수행과 정진에서 온 것임은 두말할 필요가 없다.